John adorava ler: desde as aventuras de *Just William*, de Richmal Crompton, e *O vento nos salgueiros*, de Kenneth Grahame, até o mundo fantástico de *Alice no País das Maravilhas*, de Lewis Carroll, e os **limeriques** *nonsense* de Edward Lear.

* Termos em negrito, ver glossário p. 52. [N. E.]

UÁUÁ UÁUÁÁÁÁ!

Os BEATLES
IÊ IÊ IÊ

MICK MANNING • BRITA GRANSTRÖM

TRADUÇÃO EVELISE GUIOTO

sm

1940

"Twist and Shout"

Na movimentada cidade inglesa de Liverpool, destruída pela Segunda Guerra Mundial, um recém-nascido se retorce e grita no carrinho ao som dos alarmes aéreos. É John Winston Lennon, que, um dia, vai fazer o mundo chacoalhar ao som de "Twist and Shout". No final da guerra, em 1945, John mora com tia Mimi e o marido, George. Frequenta a escola e tem a própria turma. Um dia, Mimi vê meninos brigando na rua. Fica horrorizada ao perceber que o sobrinho é um deles! "Eu era apenas William", dirá John anos mais tarde, referindo-se ao personagem brigão do livro *Just William.*

John tinha apenas quatro anos quando os pais, Julia e Fred, se separaram. Mimi, irmã de sua mãe, amou o sobrinho assim que o viu. Quando Julia começou a reconstruir a vida com outro companheiro, muitas vezes deixava o filho na casa de Mimi, num bairro arborizado de Liverpool. Com o decorrer do tempo, essa situação se tornou permanente e John passou a morar de fato com os tios.

1948–52

A Gaita

De onde vem esse lamento? É John tocando a velha gaitinha! Ele está a caminho de Edimburgo, na Escócia, para visitar o primo Stanley. Parece ter mesmo talento. Não para de tocar desde que saiu de Liverpool, e alguns passageiros já estão ficando loucos da vida! Mas o motorista gosta tanto do que ouve que promete dar ao garoto uma gaita muito melhor quando chegarem a Edimburgo.

Na manhã seguinte, na garagem dos ônibus, o motorista mostrou a John uma gaita cromática profissional que encontrara num dos veículos. Muitos anos depois, a gaita de John daria um som peculiar à primeira música gravada pelos Beatles, "Love Me Do".

* "Meleca de pudim, olhos de cachorro morto, tudo misturado com tortas de tripa!". Versos populares de cantiga escolar sobre a merenda, citados por John Lennon na letra da canção "I'm the Walrus". [N. E.]

Antes dos anos 1950, os adolescentes vestiam-se como seus pais. Não havia uma "moda jovem". Mas o *rock'n'roll* mudou isso. Seus fãs ficaram conhecidos como roqueiros ou **teddy boys**.

Cantores de *rock'n'roll* norte-americanos, como Elvis Presley e Little Richard, conquistavam o mundo. Enquanto isso, o escocês Lonnie Donegan lançava o *skiffle* – estilo de música *folk* que, além do banjo, usava utensílios domésticos como instrumentos: tábua de lavar roupa, panelas, bacias com cordas...

1952-57

Quarry Bank, Ensino Médio

John fica entediado na escola. Sente que seus interesses artísticos não são estimulados. Então, para provocar os professores, passa a maior parte do tempo fazendo palhaçadas. Adota o penteado de seu ídolo rebelde, Elvis, e transforma o caderno de exercícios em quadrinhos, que intitula *O uivo diário*. Isso diverte os colegas, mas não o professor, que escreve em seu boletim: "Certamente será um fracasso na vida... sem esperança... comporta-se como um palhaço na sala de aula, distrai os outros alunos".

Quando John tinha 16 anos, a mãe ajudou-o a comprar um violão barato da marca inglesa Gallotone Champion. Com Julia, aprendeu alguns acordes de música *folk* e logo formou uma banda de *skiffle* com colegas da escola. John batizou o grupo de "The Quarrymen", referindo-se ao nome de seu colégio.

1954-56

PAUL McCARTNEY

Este é Paul. Ele nasceu em 1942. Sua mãe, Mary, é enfermeira, e o pai, Jim, trabalha como vendedor. Antes da Segunda Guerra Mundial, Tim comandava uma banda de *jazz*; ainda consegue tirar uma boa melodia no piano. Foi ele quem deu os fones de ouvido a Paul, que assim pode escutar rádio deitado na cama. Além de *rock'n'roll*, Paul ouve programas de humor e documentários. Guarda todas essas informações na memória e as usa nas redações escolares. Isso o leva a entrar no melhor colégio da região: o Liverpool Institute.

Aos 14 anos, Paul trocou um trompete que o pai tinha lhe dado por um violão da marca Zenith modelo 17. Mas não conseguia tocar nada nele! O instrumento só arranhava e desafinava. Paul não entendia... O que estaria fazendo de errado? De repente, percebeu: a colocação das cordas era própria para destros, e ele era canhoto! Refez então o encordoamento e começou a praticar...

Como Paul frequentava a escola pública, que selecionava apenas os melhores alunos, os meninos do bairro zombavam dele.

Mas, no ônibus, fez amizade com George Harrison, também aluno do Liverpool Institute, mais novo que ele. Ambos tinham um interesse em comum: o *rock'n'roll*!

Em 1956, Paul ficou arrasado com a morte da mãe, vítima de câncer de mama. Ele tinha apenas 14 anos. Ajudado por suas irmãs, Jim conseguiu cuidar dos dois filhos: Paul e Michael.

1, 2, 3, 4 ...
E agora o último sucesso de Del-Viking, "Come Go With Me"...
Que barulho!
QUARRY M

Paul e John ficaram amigos. Em poucas semanas, Paul já fazia parte da banda de John.

1957

THE QUARRYMEN

A banda escolar de John, os Quarrymen, toca em todos os locais possíveis, apresentando sucessos de celebridades como Lonnie Donegan e Elvis Presley. Os rapazes são conhecidos como os *teddy boys* locais. Hoje eles se apresentam na festa da igreja de St. Peter, perto da casa de John. Algo muito especial está prestes a acontecer, uma coisa que, em breve, abalará o mundo. Um amigo em comum, Ivan Vaughan, apresenta Paul a John. Paul já admirava o estilo durão de John, que, por sua vez, fica muito impressionado ao ouvir Paul tocar e cantar!

Um dia, quando ensaiavam juntos, Paul cantou para John algumas músicas que ele próprio tinha composto. John ficou admirado. Nunca havia pensado em criar as músicas... Isso era ainda mais legal do que escrever *O uivo diário*. Daí em diante, os dois passaram a compor juntos, assinando sempre "original de Lennon-McCartney".

1958

George Harrison

Você lembra que Paul conheceu George Harrison no ônibus escolar e logo ficaram amigos? Bem, George está tocando violão cada vez melhor. Um dia, Paul leva o amigo para conhecer John, esperando que seja aceito na banda. Mas John o acha muito novo, afinal, ele tem apenas 15 anos! Paul insiste e dá um jeito de George tocar novamente, dessa vez na parte superior de um ônibus de dois andares, em Liverpool. Sua execução é tão boa que John acaba mudando de ideia. Agora, com três violões, os Quarrymen se parecem cada vez menos com um grupo de *skiffle* e mais com uma banda de *rock'n'roll*.

George nasceu em 1943. Frequentou a mesma escola que John, no Ensino Fundamental, mas numa classe de alunos mais novos. Gostava de sentar no fundo da sala e ficar desenhando guitarras. Quando era pequeno, sua mãe costumava ouvir música indiana no rádio. Esse gênero musical o influenciaria pelo resto da vida.

Mesmo sendo rebelde, John ainda vestia sua roupa estilo *teddy boy* no ponto de ônibus, para não chatear Mimi. Com a nova batida (*beat*) rítmica, nascia a música *pop*.

Em 1958, a mãe de John, morreu atropelada por um motorista bêbado ao sair da casa de Mimi. John ficou deprimido e revoltado.

Os jovens costumavam se encontrar em cafés, clubes noturnos chamados *coffee bars*, onde havia música ao vivo. Para as bandas que despontavam, esses clubes representavam boa oportunidade de mostrar seu trabalho.

1959–60

Johnny and The Moondogs

John frequenta a Escola de Artes de Liverpool e divide apartamento com Stuart Sutcliffe (Stu). Os colegas do Quarry Bank saem da banda. Quando Stu se junta a eles, o grupo passa a se chamar Johnny and The Moondogs. Mas Stu sugere mudar: Beatals, Silver Beetles, Beetles... O grupo está reunido na casa de John e Stu quando um amigo poeta sugere a grafia "Beatles" com "ea", em vez de Beetles (besouros) com "ee" (em inglês, o som é o mesmo), para mostrar que tocam música *beat*. Todos ficam tão animados com a ideia que esquecem a torta de frango no forno e ela queima! Há muitas versões sobre quem propôs o nome definitivo da banda. Essa é uma delas.

O Casbah Club ficava numa pequena adega da casa de Mona Best. A primeira vez que ela deixou os rapazes tocarem lá foi na noite de inauguração, quando a banda ainda se chamava The Quarrymen; o grupo até ajudou a decorar o espaço. Foi então que conheceram Pete, filho de Mona. Em 1960, os Beatles foram convidados a tocar em tempo integral numa casa noturna em Hamburgo, Alemanha. Mal podiam acreditar na própria sorte! Mas faltava um baterista na banda. Aí eles se lembraram: Pete Best tocava bateria...

1960

HAMBURGO

Os Beatles chegam de trem à Alemanha. Logo descobrem que os clubes noturnos de Hamburgo não são nada parecidos com os de Liverpool. Ficam abertos 24 horas e vivem lotados de marinheiros e roqueiros, mais interessados em brigar do que em ouvir música. Querendo chamar a atenção para a banda, os rapazes se vestem com roupas de couro e adotam um comportamento rebelde: gritam ao microfone, fazem piadas e batem os pés no chão. Os valentões param de brigar e prestam atenção naqueles ingleses malucos. O grupo começa a aprender a arte da presença no palco. Anos depois, John diria: "Posso ter nascido em Liverpool, mas cresci em Hamburgo".

Paul convidou o tímido Pete Best para tocar bateria no grupo. Quando saíram da estação, em Hamburgo, os rapazes descobriram que o clube onde tocariam ficava na zona mais violenta da cidade. Eles tinham de tocar 12 horas por dia com intervalos curtos... mas amaram mesmo assim!

Os Beatles dividiam o período de 12 horas com outra banda de Liverpool, a Rory Storm and the Hurricanes. Depois da apresentação, o baterista desse grupo costumava ficar por lá para assistir aos rapazes. Logo ficaram amigos. Além de terem o mesmo humor cáustico, o nome Ringo Starr lhes agradou...

Olha, Stu! Ringo está na platéia!
Essa vai para os grandalhões lá no bar!
Chama-se "A Taste of Honey".
Uuuu!

Isso é uma cela de cadeia...
...um pulgueiro...
...um chiqueiro!

Os Beatles conheceram Astrid Kirchherr e Klaus Voormann, dois alemães, estudantes de arte. Astrid começou a namorar Stu. Foi ela quem tirou as primeiras fotos oficiais da banda.

Um dia, Astrid convenceu Stu a cortar o cabelo à moda dos universitários alemães. Também fez para ele uma jaqueta moderna, sem gola.

1960–61

Beliches

Em Hamburgo, os Beatles estão chocados: o quarto deles, no porão do clube noturno, é minúsculo. Quando abrem a porta, não veem nenhuma mobília além de beliches. Não há ducha nem pia e eles têm que usar o banheiro feminino ao lado... Mas John se revela um líder – quando a banda parece desanimar, ele estimula os colegas gritando: "Para onde estamos indo, rapazes?", ao que eles respondem: "Para o topo dos topos, Johnny!"

No começo, os rapazes da banda zombaram do corte de cabelo de Stu e de suas novas roupas. Mas, quando foram passar férias em Paris, John e Paul também mudaram o cabelo para um estilo que logo se tornaria moda no mundo todo. Os Beatles se desentenderam com o dono do clube alemão, e voltaram para Liverpool sem Stu, que decidiu ficar na Alemanha com Astrid e retomar os estudos artísticos.

1961-62

THE CAVERN E BRIAN EPSTEIN

De volta a Liverpool, os Beatles logo começam a tocar no The Cavern, um clube local. Enquanto isso, clientes de uma loja de discos procuram por uma gravação da banda, o que chama a atenção do proprietário, Brian Epstein. Quando se informa sobre os músicos com seus funcionários, Brian descobre não apenas que os Beatles costumam passar na loja, mas que até foram expulsos de lá por não comprarem nada! Curioso, Brian vai ao The Cavern e encontra um “diamante bruto”. Oferece-se então para agenciar a banda, com o que os Beatles logo concordam.

Lojas como a de Brian vendiam compactos (discos com apenas uma música de cada lado). Havia também os *EPs* (*extended plays*, com duas faixas de cada lado) e os *LPs* (*long plays* ou álbuns, que tinham cinco ou seis canções de cada lado). Geralmente exibiam fotos das bandas nas capas, sempre bem produzidas.

Naquela época não havia música digital nem CDs, apenas discos de vinil. A música, produzida por meio de sulcos na superfície do disco, era captada eletronicamente pela agulha do toca-discos. A produção em massa e os preços acessíveis desses aparelhos e dos rádios estimularam os jovens a ouvir e colecionar compactos. Os Beatles fizeram sucesso nesse novo mercado, que crescia rapidamente.

Para promover a banda, Brian gravou um disco **demo** e o levou a empresas fonográficas, mas ninguém parecia interessado. Numa delas, os Beatles até conseguiram fazer uma apresentação, mas foram rejeitados.

1962-63

Tchau, Pete
Bem-vindo, Ringo

Brian conhece o produtor musical George Martin. George aceita receber os rapazes de Liverpool para uma audiência e gosta do que escuta. É assim que, finalmente, os Beatles conseguem gravar um disco! O grupo segue o conselho de Brian e muda a imagem de rebeldia. Os rapazes passam a usar terno e corte de cabelo no estilo "tigelinha", como o de Stu. Mas as coisas não vão bem com Pete Best e ele é substituído por Ringo Starr. O primeiro compacto da banda, *Love Me Do*, explode nas paradas. Depois do segundo compacto, *Please Please Me*, George Martin declara: "Rapazes, vocês acabaram de gravar seu primeiro sucesso!". E a previsão se confirma.

George Martin logo percebeu que Pete não tinha muito a ver com o grupo; ele era mais calado e não possuía o mesmo senso de humor dos demais. Além disso, George não estava satisfeito com a *performance* do rapaz. Então, apesar de sua popularidade entre os fãs, Pete foi avisado por Brian de que estava fora da banda. Foi um grande choque para ele.

Ringo trabalhava num acampamento de férias quando recebeu a ligação de John. Feliz com o convite, substituiu com prazer o topete *teddy boy* pelo corte de cabelo dos Beatles. No começo, os fãs de Pete o rejeitaram: "Pete para sempre, Ringo nunca!". Um fã deu até um soco em George Harrison. Mas logo o público aceitou o novo Beatle.

Mais sucessos vieram em seguida. No primeiro LP, *Please Please Me*, os Beatles gravaram sua versão de "Twist and Shout". John estava com a garganta inflamada e a rouquidão tornou sua voz tão sensual que até hoje é considerada o máximo do vocal *rock'n'roll*. Fãs passaram a seguir os Beatles aonde quer que fossem. Os rapazes tinham de correr para escapar do cerco. Quando John se casou com Cynthia, tentaram manter o fato em segredo.

Em 1963, os Beatles foram convidados a tocar no Royal Command Performance, diante da rainha da Inglaterra. Os rapazes de Liverpool conquistaram o coração de 15 milhões de telespectadores quando John ironizou ao microfone: “Quem está nos assentos mais baratos aplauda... quanto aos outros, bem, apenas sacudam as joias”.

Quando as fãs imploravam por suvenires na casa dos rapazes, Mimi dava botões de camisas velhas de John, e a mãe de Ringo, Elsie, entregava até meias gastas do filho!

1963

BEATLEMANIA

Brian está transformando os Beatles num fato único; qualquer coisa que eles cantem ou digam repercute entre milhões de fãs. A imprensa chama esse fenômeno de beatlemania, mas o sucesso foi alcançado com muito trabalho. Em 1963, os Beatles fazem mais de 230 concertos no Reino Unido e na Suécia. Todos os lugares em que tocam viram um caos: os fãs gritam tão alto que abafam o som da música e, depois que George declara gostar de jujubas, a plateia bombardeia o palco com balinhas. Com o lançamento do segundo LP, *With The Beatles*, a banda ganha o apelido de "quatro fabulosos". Mas Brian se pergunta por que os discos dos Beatles não emplacam nos Estados Unidos. A verdade é que nenhuma banda inglesa fizera muito sucesso por lá... Se John e Paul conseguissem compor a música certa...

John e Paul trabalhavam juntos na composição das músicas. Anos depois, John descreveria essa parceria como "olho no olho". Um dia, Paul tocou um acorde que fez os olhos de John brilharem. Daí nasceu um novo sucesso: "I Want to Hold Your Hand".

"I Want to Hold Your Hand"

1964

Os norte-americanos ficam loucos pela nova música dos Beatles! *I Want to Hold Your Hand* vende 5 milhões de cópias nos Estados Unidos e fica no topo das paradas de sucesso por sete semanas. Em 9 de fevereiro de 1964, os Beatles participam do *Ed Sullivan* Show, um programa muito popular na TV norte-americana, e atraem 73 milhões de telespectadores, a maior audiência já atingida. Nesse dia, os índices de criminalidade atingem uma baixa histórica! Finalmente, os discos anteriores dos Beatles começam a vender como água nos Estados Unidos, e a beatlemania conquista a América. Nenhum inglês causara tamanha histeria por lá desde a visita do escritor Charles Dickens, 120 anos antes.

Aparecer na televisão era a melhor forma de as bandas de música *pop* se promoverem. Brian Epstein reconhecia o potencial da telinha e logo percebeu que os atrevidos "quatro fabulosos" fariam sucesso diante das câmeras.

A primeira visita dos Beatles aos Estados Unidos, em fevereiro de 1964, aconteceu 11 semanas depois do assassinato do presidente Kennedy, em Dallas. Os norte-americanos ainda estavam em choque. Quando os rapazes retornaram em agosto, para outra turnê, conheceram alguns de seus ídolos, como Bob Dylan. Depois, em 1965, visitaram Elvis Presley.

A presença dos Beatles em programas de TV chamou a atenção dos adolescentes norte-americanos para outros grupos britânicos. A partir daí, começou uma "invasão" de bandas inglesas no país: Rolling Stones, Kinks, Moody Blues, Animals...

Em 1965, em sintonia com os protestos pela igualdade racial nos Estados Unidos, liderados por personalidades como **Martin Luther King**, em prol dos **direitos civis**, os Beatles se recusaram a fazer um *show* na Flórida, a menos que abolissem a segregação racial na plateia.

Ainda em 1965, tropas dos Estados Unidos invadiram o Vietnã e, em 10 anos, 58 mil jovens norte-americanos foram mortos nesse embate conhecido como **Guerra do Vietnã** – um número maior que o necessário para lotar o Shea Stadium, em Nova York.

1964-65

Em turnê pelos Estados Unidos

Em 1963, Brian já tinha assinado um contrato para os Beatles filmarem algumas comédias musicais. Em 1964, com o lançamento do primeiro filme, *Os reis do iê, iê, iê*, o frenesi dos fãs vira febre. Os ingressos para a nova turnê de um mês pelos Estados Unidos se esgotam rapidamente. Um ano depois, os Beatles estão de volta para tocar no Shea Stadium, em Nova York, para mais de 56 mil pessoas. A banda quebra o recorde de audiência, sendo este o primeiro *show* de *rock* realizado em estádio. Enquanto isso, produtos ligados aos Beatles continuam vendendo horrores no mundo inteiro: dos compactos e LPs a roupas, chicletes e até mechas de cabelo.

Mais tarde, em 1966, John comentou numa entrevista em Londres, antes da última turnê do grupo pelos Estados Unidos, que os Beatles eram "mais populares que Jesus". A declaração causou grande alvoroço. Alguns *shows* foram cancelados. Houve protestos e até ameaças de morte. John acabou pedindo desculpas pela TV.

OS REIS DO IÊ, IÊ, IÊ

Feito em 1964, o filme explora o cotidiano da banda na roda-viva de viagens e *shows*.

A letra fala sobre trabalhar muito e ficar exausto, mas também da volta para casa e do encontro com as pessoas queridas, o que faz tudo ficar bem.

É uma música que se refere a adultos que trabalham à noite, especialmente operários, carteiros, padeiros, enfermeiros e outros funcionários de hospital.

1964-65

Estrelas de cinema

A personalidade provocadora dos Beatles funciona muito bem nas telas. O primeiro longa-metragem deles, *Os reis do iê, iê, iê*, foi um sucesso estrondoso, com duas indicações para o Oscar. Agora, o último filme, *Help!*, também tem enorme êxito. No *set* das filmagens, George conhece o *sitar*, começa a fazer experiências com ele e rapidamente apaixona-se pelo som desse instrumento de cordas indiano, que lembra as músicas ouvidas na infância. Resolve então ter aulas com um especialista...

HELP!

Feito em 1965, o filme é uma paródia das aventuras de James Bond. Uma sacerdotisa de seita misteriosa quer roubar um anel de Ringo, mas não consegue tirá-lo do dedo, de tão apertado que está... E quem usá-lo deverá ser sacrificado!

Com muitas cenas engraçadas, os Beatles são perseguidos pelos membros da seita e por um cientista maluco.

As cenas externas foram feitas em locações fascinantes ao redor do mundo e o filme fez enorme sucesso.

Os cinemas ficaram lotados de fãs.

George começou a ter aulas de *sitar* com o músico indiano Ravi Shankar. O som desse instrumento apareceu pela primeira vez na música "Norwegian Wood" (1965) e depois em "Love You to" (1966). Essa novidade que os Beatles introduziram no *rock* influenciou outras bandas como The Rolling Stones (na música "Paint it Black") e The Traffic (em "Hole in My Show").

1965

O sonho de Paul

Certa manhã, Paul acorda com uma linda melodia na cabeça. Por vários dias ele pensa ser uma música clássica que escutou... Aos poucos, porém, dá-se conta do que aconteceu: ele a compôs enquanto dormia! Busca então uma letra adequada para a melodia e até pensa em algumas rimas, sem sentido como *"Scrambled eggs/ Oh, darling, how I love your legs" (Ovos fritos/ Ó, querida, como eu amo os seus gambitos).* Mas alguns meses serão necessários para finalizá-la. Durante longa viagem a Portugal, para visitar um amigo, Paul finalmente escreve a letra daquela que se tornará uma das músicas mais famosas de todos os tempos: "Yesterday".

Nos anos 1960, a Grã-Bretanha se tornara líder mundial de uma revolução de costumes que consagrou essa década como "anos rebeldes". Isso aconteceu graças à explosão da nova música *pop* criada pelos Beatles, sem contar os novos cineastas, fotógrafos, escritores, artistas e estilistas, como Mary Quant, criadora de estampas em branco e preto, inspiradas na **Op Art**.

Os Beatles se hospedaram secretamente na cidade litorânea de Berwick upon-Tweed antes da última turnê pela Grã-Bretanha, em Glasgow. No caminho, o motorista de um caminhão avisou que tinha caído alguma coisa do porta-malas do carro deles. Era a melhor guitarra de George. Até ser encontrada em meio à escuridão, já tinha sido destroçada pelos veículos.

Em outubro de 1965, John, Paul, George e Ringo foram condecorados no Palácio de Buckingham, por Elizabeth II, com a medalha de Membros da Ordem do Império Britânico. Quando a rainha perguntou havia quanto tempo estavam juntos, Paul e Ringo fizeram um gracejo, citando a letra da canção "My Old Dutch". Dizem que Sua Majestade sorriu.

A letra dessa música, que fala de um amor perdido, veio finalmente à mente de Paul quando viajava para visitar um amigo em Portugal. Era maio de 1965.

Paul mal podia esperar para tocar sua música. Assim que chegou à casa do amigo, correu para pegar o violão.

"Yesterday" já foi gravada por mais de 1600 músicos. Em 1999, foi eleita a melhor canção do século XX, de acordo com pesquisa da rádio BBC de Londres.

1966

Revolver

Os Beatles estão exaustos depois de anos de turnês quase ininterruptas, gravações e filmes. A banda se afasta dos palcos e tira três meses para compor as novas músicas do próximo disco: *Revolver*. Paul aparece com uma canção divertida e fácil de cantar, daquelas que grudam na cabeça: "Yellow Submarine". A composição cai no gosto de todos, e é escolhida para o próximo compacto com outra música de tom sério, mas muito bonita: "Eleanor Rigby". Ambas fazem sucesso, mas "Yellow Submarine", cantada por Ringo com um vocal bem-humorado, torna-se o maior *hit* de 1966. É tocada em todas as rádios, assoviada nos ônibus, cantada no pátio das escolas.

Um dia, Paul estacionou em local proibido na rua do estúdio e foi multado por uma policial. Guardas de trânsito femininas ainda eram novidade na Inglaterra, e Paul achou o incidente engraçado, tanto que inspirou uma nova canção, "Lovely Rita", sobre um rapaz que se apaixona por uma guarda de trânsito...

"ELEANOR RIGBY"

Paul tinha um talento especial para escrever histórias sobre gente comum. Aqui ele imagina pessoas solitárias: Eleanor e o padre Mackenzie. A bela letra da música fala da tragédia do isolamento.

Imagens de solidão incluem Eleanor juntando o arroz de um casamento alheio, o padre cerzindo meias à noite e, finalmente, enterrando a pobre Eleanor. Um quarteto de cordas, no lugar de bateria e guitarras, tornou a música inesquecível.

Provavelmente, Paul já tinha visto a lápide com o nome de Eleanor Rigby num cemitério perto da casa de John, lembrando-se, anos depois, de seu nome incomum.

"YELLOW SUBMARINE"

A música, inspirada na infância de Paul, nas proximidades do porto de Liverpool, descreve o encontro com um homem que viajou num submarino por todos os mares, talvez na Segunda Guerra Mundial.

Numa época de protestos contra a Guerra do Vietnã, o coro irresistível de "Yellow Submarine" parecia uma sátira ao poder militar.

Em 1966, a música ficou no topo das paradas de sucesso e, dois anos depois, inspirou a animação musical *Yellow Submarine*. Brinquedos e pôsteres também foram lançados.

1967

Sgt Pepper

O próximo álbum dos Beatles, *Sgt Pepper's Lonely Hearts Club Band*, surpreende a todos com belas canções, música experimental e uma capa inesquecível. Criada pelo artista plástico Peter Blake, traz os rapazes em trajes militares coloridos. É um álbum complexo que vai influenciar e transformar a música *pop* dali por diante. É rapidamente considerado o melhor disco de todos os tempos. No mesmo ano, o John manda pintar seu Rolls-Royce com motivos **hippies**...

Um dia, Julian, filho de John, levou para casa um desenho que fizera de sua colega Lucy. Segundo ele, a menina estava num céu com diamantes. John ficou encantado! Uma nova música começou a tomar forma em sua cabeça...

A música "Being for the Benefit of Mr. Kite!" foi inspirada pelo cartaz de um circo que John havia visto na parede de um bar. Como em várias outras faixas do álbum *Sgt Pepper's*, nessa foram usadas técnicas experimentais: canções de parque de diversões e sons sampleados. Trata-se de uma das músicas mais complexas do álbum.

“LUCY IN THE SKY WITH DIAMONDS”

Inspirado no desenho do filho, nos limeriques de Edward Lear e nos livros de Lewis Carroll, John compôs uma música cheia de imaginação, celebrando o espírito dos anos 1960.

Lucy está à deriva num barco, em meio a uma paisagem estranha e psicodélica. A letra projeta imagens incríveis de um mundo de sonhos...

A canção termina com a imagem da menina com olhos de caleidoscópio. A letra poética, a melodia e os vocais de John transformaram essa música numa das mais influentes entre as já compostas.

"STRAWBERRY FIELDS FOREVER"

Essa música é sobre o poder das lembranças e lugares favoritos.

John se recorda do jardim do orfanato Strawberry Fields, onde havia festas beneficentes, que frequentava com Mimi.

Ele também costumava entrar lá escondido. Na música, John convida o ouvinte a ir com ele.

Técnicas terapêuticas modernas encorajam a pessoa a se lembrar de um lugar seguro quando está numa situação traumática ou desagradável.

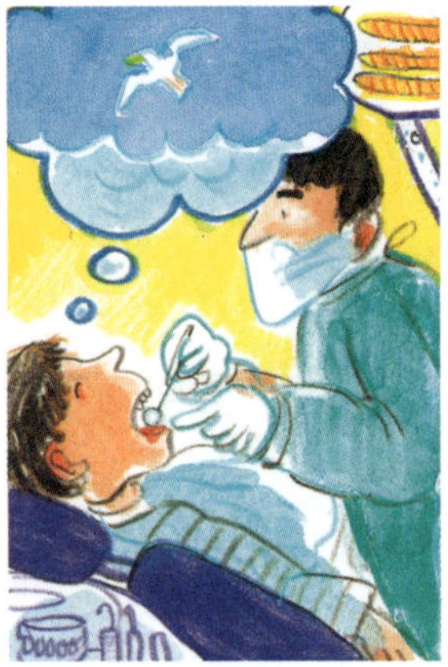

"PENNY LANE"

No começo dos anos 1960, enquanto aguardava John numa estação de ônibus em Liverpool, Paul foi juntando ideias que se transformaram numa música nostálgica, com personagens comuns:

O barbeiro e sua vitrine com fotos de corte de cabelo...

O banqueiro sem capa sob chuva torrencial...

A enfermeira bonitinha angariando dinheiro para obras de caridade com a venda de pirulitos...

1967-68

"ALL YOU NEED IS LOVE"

Depois de *Sgt Pepper*, os Beatles são convidados a fazer ao vivo, a primeira transmissão mundial de TV via satélite. Na ocasião gravam "All You Need is Love", uma mensagem pela paz mundial. O fascínio de John pelo poder dos comerciais televisivos o inspira a entoar repetida e hipnoticamente a palavra "*love*", cantando para mais de 400 milhões de telespectadores que o amor é a única coisa que importa. Num mundo ainda marcado pela Guerra do Vietnã, o impacto da música é imenso. Não só alcança o topo das paradas em vários países, como ultrapassa em venda os compactos anteriores, *Penny Lane* e *Strawberry Fields Forever*.

Em setembro de 1967, inspirados pelos filmes caseiros produzidos por Paul, a banda criou uma comédia musical para a TV, *Magical Mystery Tour*, que se passa principalmente dentro de um ônibus em excursão. No entanto, no Reino Unido, a tecnologia das TVs em cores era recente, e o filme foi apresentado em preto e branco, tornando-se o primeiro fracasso de crítica que os Beatles sofreram. Mas havia músicas sensacionais. Na gravação *I Am the Walrus*, John sussurrou maliciosamente versos da cantiga de escola sobre merenda escolar e usou o trecho de uma gravação radiofônica do *Rei Lear*, peça de Shakespeare.

1967-68

Apple Records

Verão de 1967: Brian Epstein, amigo e produtor dos Beatles, morre subitamente. Os rapazes ficam chocados e perplexos. Mas a vida continua... em dezembro do mesmo ano, depois de muitas ideias e negociações, eles abrem uma loja em Londres e criam um selo musical, Apple Records. Em fevereiro de 1968, eles visitam o guru indiano Maharishi Mahesh Yogi, em seu retiro no Himalaia. Lá escrevem várias músicas, muitas das quais serão gravadas no próximo álbum, chamado oficialmente *The Beatles*, mas que logo ficará conhecido como *Álbum branco*. No entanto, esse clima de descontração não durará muito...

Na Índia, longe dos olhos do público, dos fãs fanáticos e dos jornalistas curiosos, os Beatles aprenderam técnicas de meditação e a filosofia "paz e amor". De alguma forma, eles tinham de seguir em frente sem a direção de Brian Epstein.

"LADY MADONNA"

Em sintonia com as políticas de igualdade para as mulheres, conhecidas nos anos 1960 como "movimento feminista", John e Paul renderam uma homenagem à maternidade. Na música, eles perguntam como as mães do mundo conseguem sustentar as famílias, educar os filhos e pagar o aluguel.

Letras espirituosas e um piano bem marcado percorrem os dias da semana: as tarefas de terça-feira parecem nunca ter fim; a noite de quinta é para cerzir meias; o domingo se arrasta como uma freira. Paul e John, com propósitos políticos, apresentavam as mães como santas.

"OB-LA-DI OB-LA-DA"

Essa música tem ritmo de *reggae*. Foi escrita quando esse gênero musical jamaicano começava a se popularizar na Grã-Bretanha e na Europa.

Canção singela de amor, é uma celebração à vida. O refrão "*Ob-La--Di-Ob-La-Da, life goes on, bra*" era uma frase de Jimmy Scott, amigo nigeriano de Paul.

Desmond vende frutas no mercado.

Molly canta numa banda.

Em 1969, George saiu da banda depois de vários desentendimentos entre os integrantes. Ele também queria que houvesse mais composições suas nos álbum. Mas foi persuadido a voltar, e sua música "Here Comes the Sun", melódica e otimista, tornou-se uma das mais famosas dos Beatles. George, porém, não foi o primeiro a sair do grupo. Alguns meses antes, Ringo também tinha deixado a banda e voltado logo depois...

"OCTOPUS'S GARDEN"

Cheio das brigas que tinham começado na gravação do *Álbum branco*, Ringo saiu da banda e tirou férias.

O capitão do iate em que Ringo viajava explicou que os polvos juntavam conchas e faziam "jardins" no fundo do mar...

Essa história inspirou Ringo a escrever uma música leve e charmosa.

Quando ele decidiu voltar para a banda, John, Paul e George encheram o estúdio de flores para recebê-lo.

1969-70

A SEPARAÇÃO

Já faz algum tempo que John, Paul, George e Ringo caminham em direções diferentes. Agora eles passam cada vez mais períodos longe da banda, com suas mulheres, famílias ou outros amigos. Numa tentativa de voltar às raízes, eles gravam e filmam um *show* ao vivo no telhado do estúdio da Apple. As músicas são ótimas, mas, como não conseguem chegar a um consenso sobre a versão final, o projeto é arquivado. Um dia, as composições farão parte do disco e filme *Let It Be*.

Enquanto o projeto *Let It Be* continuava suspenso, os Beatles gravaram o que seria o último álbum, *Abbey Road*. Com a célebre capa dos quatro atravessando a faixa de pedestres, ele é repleto de canções fabulosas. Mas também fica evidente que já não existe parceria: são músicas solo, criadas por quatro indivíduos e não mais pela banda.

1970

Recomeço

Em 1970, John, Paul, George e Ringo se separam. Pretendem seguir carreira como artistas solo. Os Beatles constituíram a trilha sonora dos anos 1960, mudaram a história do *rock* para sempre e influenciaram o mundo com mensagens de humanidade e paz. Até hoje suas canções são regravadas: de bandas adolescentes a *punks* e cantores de *rap*, pode-se dizer que tudo começou com os garotos atrevidos de Liverpool.

Paul

Paul McCartney e sua esposa, Linda, formaram a banda Wings. Entre os *hits* estão "Live and Let Die", música-tema do filme de James Bond, e "Mull of Kintyre", sucesso de vendas gravado com um grupo de gaitas de fole. Em 1996, com o educador inglês Mark Featherstone-Witty, Paul transformou a antiga escola onde ele e George estudaram no Liverpool Institute for Performing Arts – hoje, uma das principais instituições britânicas na área de artes. Em 1997, ele recebeu o título de "Sir", concedido pela rainha da Inglaterra. A casa onde passou a infância, em Liverpool, tornou-se museu, mantido pelo Britain's National Trust (instituição que cuida de lugares de importância histórica para os britânicos).

John

John Lennon e sua segunda esposa, Yoko Ono, criaram a banda The Plastic Ono Band. Eles trabalhavam em parceria com um grupo de músicos que, eventualmente, incluía George e Ringo. John e Yoko emplacaram alguns sucessos estrondosos com mensagens de paz e amor: "Imagine", "Power to the People", "Happy Xmas (War is Over)" e, claro, "Give Peace a Chance" – um apelo à paz mundial que se tornou um hino em todo o mundo. De modo trágico, John Lennon foi assassinado por um rapaz mentalmente perturbado, na cidade de Nova York, em 1980. A casa de Liverpool onde ele passou a infância foi transformada em museu, também mantido pelo Britain's National Trust.

Ringo

Ringo Starr atuou em filmes e tocou com John, Paul e George em alguns projetos solo. Também foi ajudado por eles na composição de vários de seus sucessos. Até hoje faz turnês com sua The All Star Band. Devido ao sotaque, típico de Liverpool, tornou-se um personagem divertido para crianças, chegando a participar da série infantil de TV *Thomas e seus amigos*.

George

A vida toda George Harrison foi um admirador da cultura indiana, especialmente de sua religião, o hinduísmo. Em sua carreira solo, compôs vários sucessos, como “My Sweet Lord”. Também se tornou produtor executivo de filmes famosos como *A vida de Brian* e *Os desajustados*. Morreu em 2001, depois de uma corajosa batalha contra o câncer.

OS ANOS 1960

A música dos Beatles se tornou a trilha sonora dos incríveis eventos da década de 1960. Muitas transformações que ocorreram naqueles anos afetam nossa vida até hoje. Aqui está uma amostra delas...

John F. Kennedy é eleito presidente dos Estados Unidos.

1960

Os Beatles fazem sua primeira turnê em Hamburgo, Alemanha.

Yuri Gagarin é o primeiro homem a viajar no espaço. Inicia-se a corrida espacial entre os Estados Unidos e a União Soviética. O presidente Kennedy promete aos norte-americanos enviar um homem à Lua até o final da década.

1961

O grupo é descoberto por Brian Epstein.

Ocorre a primeira transmissão de TV via satélite, pela Telstar.

É lançado o primeiro jogo de *video game* da história, o *Spacewar!*

1962

Ringo Starr entra na banda.

O presidente Kennedy é assassinado em Dallas, em novembro.

São produzidas as primeiras fitas caseiras para gravação, edição e reprodução de imagens com som (videoteipes).

1963

Começa a beatlemania.

Manifestações pelos direitos civis avançam nos EUA, lideradas por Martin Luther King.

1964

Os Beatles fazem a primeira viagem aos Estados Unidos e estreiam na TV norte-americana.

Tropas norte--americanas são enviadas à Guerra do Vietnã.

1965

A banda faz concerto no Shea Stadium, em Nova York. É o primeiro da história do *rock* num estádio.

A moda evolui como parte da crescente cultura jovem no mundo.

1966

A banda faz uma pausa de três meses para gravar *Revolver*.

As primeiras TVs em cores surgem nos lares europeus.

É feito o primeiro transplante bem-sucedido de coração humano.

Nasce o movimento *hippie*, com jovens vestindo roupas coloridas e promovendo o lema "paz e amor". Muitos são fãs dos Beatles.

1967

Os Beatles lançam o álbum *Sgt Pepper's Lonely hearts Club Band.*

Os rapazes de Liverpool participam da primeira transmissão de TV ao vivo em escala mundial.

Continuam as manifestações pela paz e contra a Guerra do Vietnã e a ameaça de guerra nuclear entre Estados Unidos e União Soviética.

1968

A banda vai para a Índia aprender meditação.

Os norte-americanos Neil Armstrong e Buzz Aldrin são os primeiros homens a pisar na Lua, com a espaçonave Apollo 11.

É desenvolvido o primeiro protótipo da internet: a arpanet.

1969

Os Beatles gravam os últimos álbuns: *Let It Be* e *Abbey Road.*

John devolve a medalha de Membro da Ordem do Império Britânico ao Palácio de Buckingham, em protesto contra a Guerra do Vietnã.

Apesar das manifestações pela paz feitas em diversos países, a Guerra do Vietnã só termina em 1975.

1970

Os Beatles se separam e iniciam carreiras solo.

Para nossos amigos Robert White, advogado e roqueiro, e sua esposa, Liza.

Os autores e editores agradecem ao historiador dos Beatles Colin Hall a inestimável contribuição para este livro.

Nossos agradecimentos a alguns velhos fãs dos Beatles: Sue, Steve e Jude. Também somos gratos a Linda Bankier, Sandra Dods e a Maureen Holmes por suas memórias da estada dos Beatles em Berwick. Finalmente, agradecemos à talentosa Fiona Woodcock – ela sabe por quê.

Referências e fontes de inspiração

BESTE, Pete e Harry, Bill. *The Best Years of The Beatles*. Terra Alta: Headline Book Publishing, 1996.
DAVIES, Hunter. *The Beatles*. Londres: Cassell Ilustrated, 2002.
LENNON, Cynthia. A Twist of Lennon. Nova York: Avon Books, 1980.
SOUNES. Howard. *FAB*: an Intimate Life of Paul McCartney. Nova York: Harper Collins, 2010.
SPITZ, Bob. The Beatles. Nova York: Little Brown and Company, 2005.
The Beatles Anthology. Londres: Cassell & Co, 2000.
TURNER, Steve. *A Hard Day's Write*. Londres: Carlton Books, 1999.

Livros e CDs (Beatles no Brasil)

PUGIALLI, Ricardo. *Beatlemania*. Rio de Janeiro: Ediouro, 2008.

Primeira biografia sobre os "quatro fabulosos" especialmente escrita para o público brasileiro. Passeio histórico pela carreira do grupo, com fatos marcantes e curiosidades.

Aqui, ali, em qualquer lugar, de Rita Lee. Duração: 38'58". Abril Music, 2001

Fiel ao passado psicodélico como membro do grupo "Os mutantes", Rita Lee apresenta versões para o português e reinterpretações de clássicos do grupo inglês em clima de bossa nova.

Beatles por André Mehmari. Duração: 32'15". MCD Gravadora, 2010.

Com brincadeiras e evocações de peças do universo erudito, catorze sucessos dos Beatles são recriados em arranjos inventivos pelo compositor e pianista André Mehmari.

Filmes

Os reis do iê, iê, iê (Reino Unido, 1964), de Richard Lester.
Título original: A Hard Day's Night.
Help! (Reino Unido, 1965), de Richard Lester.
Magical Mystery Tour (Reino Unido, 1967), de Bernard Knowles e The Beatles.
Yellow Submarine (Reino Unido, EUA, 1968), de George Dunning.
Let it Be (Reino Unido, 1970), de Michael Lindsay-Hogg.

Músicas dos Beatles mencionadas neste livro

Love Me Do. Compacto, 1962
Please Please Me. Compacto e LP, 1963
Twist and Shout. EP (incluindo "A Taste of Honey"), 1963
She Loves You. Compacto, 1963
With The Beatles. LP, 1963
I Want to Hold Your Hand. Compacto, 1963
A Hard Day's Night. Compacto e LP, 1964
Help! Compacto e LP, 1965
Yesterday. Do LP *Help*! Relançada como compacto nos EUA, 1965
Rubber Soul. LP, 1965
Norwegian Wood. Do LP *Rubber Soul*, 1965
Revolver. LP, 1966
Love You To. Do LP *Revolver*, 1966
Eleanor Rigby/Yellow Submarine. Compacto, 1966
Strawberry Fields Forever/Penny Lane. Compacto, 1967
Sgt Pepper's Lonely Hearts Club Band. LP, 1967
Lucy in the Sky with Diamonds. Do LP *Sgt Pepper*, 1967
Lovely Rita. Do LP *Sgt Pepper*, 1967
All You Need is Love. Compacto, 1967
Magical Mystery Tour. EP duplo, 1967
Lady Madonna. Compacto, 1968
The Beatles. LP (conhecido como *Álbum branco*), 1968
Ob-La-Di, Ob-La-Da. Do LP *Álbum branco*, 1968
Abbey Road. LP, 1969
Here Comes the Sun. Do LP *Abbey Road*, 1969
Octopus's Garden. Do LP *Abbey Road*, 1969
Get Back/Don't Let Me Down. Compacto, 1969
Let it Be. LP, 1970

Glossário

Direitos Civis – Direitos legais que protegem nossa liberdade.

Demo – Gravação, geralmente caseira, que serve para mostrar às gravadoras o trabalho e o talento de uma banda.

Hippie – Movimento de jovens iniciado nos Estados Unidos nos anos 1960. Os adeptos usavam roupas não convencionais e cabelos longos, desprezavam o dinheiro e o trabalho formal. Muitos viviam em comunidades, longe dos centros urbanos.

Martin Luther King, Jr. – Pacifista, defensor dos direitos dos afrodescendentes norte-americanos.

Guerra do Vietnã – Conflito no Sudeste Asiático ocorrido entre 1955 e 1975. De um lado, Vietnã do Sul (apoiado pelos Estados Unidos e países anticomunistas); de outro, o Vietnã do Norte (apoiado pela União Soviética e aliados comunistas). As tropas norte-americanas ficaram na região de 1965 a 1973.

Limerique – Poema de cinco versos rimados, cheio de humor e temas absurdos, criado pelo inglês Edward Lear (1812-1888).

Gaita cromática – Evolução da gaita comum diatônica (de 10 furos, também conhecida como gaita de *blues*). Em geral tem de 12 a 16 furos e um botão (chave) que, apertado, produz os bemóis e sustenidos.

Teddy Boys – Jovens, em geral da classe operária, que usavam calça jeans preta estilo "cano" (bem justas nos tornozelos), camisa colorida, paletó ou capa com ombreiras, gravata estreita e topete ao estilo Elvis Presley.

Op art – Arte que explora a ilusão de óptica, dando aos desenhos a impressão de movimento e profundidade.